AF602964

VENTE
du Lundi 6 Mai 1907
A DEUX HEURES
HOTEL DROUOT — SALLE N° 7

EXPOSITION PUBLIQUE
Le Dimanche 5 Mai 1907
de 2 heures à 5 h. 1/2

TABLEAUX

Anciens et Modernes

AQUARELLES - DESSINS - GRAVURES

BRONZES — MINIATURES

Me Henry BRICOUT
COMMISSAIRE PRISEUR
10 — *Rue Sainte-Cécile* — 10

M. Georges GIACOMETTI
EXPERT-JURÉ
150bis, *Boulevard Pereire*

IMPRIMERIE ARTISTIQUE
C. CHAUFOUR
RUE MILTON 8.10
PARIS

CATALOGUE

DE

TABLEAUX

Anciens et Modernes

PAR, D'APRÈS OU ATTRIBUÉS A :

Breughel, Otto Venius, Jaurat, Baudoin, Freundeberg, Boudin
Boggs, Gérôme, Harpignies
Th. Rousseau, Chocarne-Moreau

AQUARELLES - DESSINS - GRAVURES

des Ecoles Française et Anglaise

Important Panneau, par Cima da Conegliano

Bronzes de Barye — Sculptures

OBJETS DE VITRINE — MINIATURES — PORCELAINES — FAIENCES

MEUBLES ANCIENS ET DE STYLE

ÉTOFFES — TAPIS — TENTURES

DONT LA VENTE AURA LIEU

HOTEL DROUOT - SALLE N° 7

Le Lundi 6 Mai 1907

A DEUX HEURES

M. H. BRICOUT
COMMISSAIRE-PRISEUR
10, Rue Sainte-Cécile, 10

M. Georges GIACOMETTI
EXPERT-JURÉ
(près le Tribunal Civil de la Seine)
150 bis, Boulevard Pereire

EXPOSITION PUBLIQUE

Le Dimanche 5 Mai 1907, de 2 heures à 5 heures 1/2

CONDITIONS DE LA VENTE

Elle sera faite au comptant.

Les acquéreurs paieront *dix pour cent* en sus des enchères.

L'Exposition mettant le public à même de se rendre compte de l'état et de la nature des objets mis en vente, aucune réclamation ne sera admise une fois l'adjudication prononcée.

DÉSIGNATION

TABLEAUX

ANCIENS ET MODERNES

BOUDIN (Eugène)

1 — Le fort carré à Antibes.

Signé et daté. Toile.

2 — Vue de Trouville.

Signé et daté. Toile.

3 — Les fortifications à Antibes.

Signé et daté Toile.

BREUGHEL LE VIEUX (Attribué à)

4 — Le marché.

Sur une place de petite ville nombreuse réunion de personnages. La place est entourée de maisons, sauf d'un côté au fond ouvrant sur la campagne.

Panneau.

CIMA (Gio Batista) DA CONEGLIANO (Attribué à)

(1480 ?-1520)

5 — Tournoi en l'honneur d'un mariage.

De nombreux chevaliers luttent devant les époux siégeant sous un dais et entourés des personnages du cortège. Tout proche d'eux des musiciens font vibrer leurs instruments accompagnant la danse de seigneurs et de nobles dames; sur un tertre des baladins donnent une représentation. Lointain de collines.

Panneau de devant d'un coffre de mariage. Ecole vénitienne, fin du xve siècle.

Haut. : 0^{m}41. Larg. : 1^{m}30.

DURAN (Carolus)

6 — Jeune espagnole. Étude signée.

Panneau.

ÉCOLE D'ANVERS XVIIe SIÈCLE

7 — Fête dans un palais à Venise.

Dans une loggia des seigneurs et des dames dansent au son d'un orchestre, d'autres causent ou boivent. De larges baies de la loggia ouvrent sur le grand canal et sur de gracieux jardins.

Peinture sur cuivre : au dos les lettres F. S., marque probable du peintre, la date 1605 l'emblème d'Anvers; et plus bas le monogramme P. V.

Haut. : 0m49. Larg. : 0m65.

ÉCOLE FRANÇAISE

8 — Copie de l'accordée de village, de Greuze.

ÉCOLE FRANÇAISE XVIIIe SIÈCLE

8 *bis* — Portrait de l'ingénieur : H. Navier.

ÉCOLE FRANÇAISE (Genre du XVIIIe siècle)

9 — Leda : Décoration.

Toile.

ÉCOLE FRANÇAISE (XIXe siècle)

10 — Paysage : Campagne romaine.

Esquisse. Toile.

ÉCOLE FRANÇAISE (XVIIIe siècle)

11 — Femmes près d'un berceau.

Esquisse. Toile.

ÉCOLE FRANÇAISE

12 — Portrait de femme.

ÉCOLE FLAMANDE

12 *bis* — Intérieur de cabaret.

13 — Copie de deux paysages.

ÉCOLE HOLLANDAISE

14 — Nature morte.

Toile.

15 — Jeune fille veillant une malade. Effet de lumière.

Cadre ancien, bois sculpté et doré.

Haut. : 0m46. Larg. : 0m35.

ÉCOLE ITALIENNE

16 — Sainte en prières.

MARIO DEI FIORI (Genre)

17 — Corbeille de fleurs.

Toile.

18 — Tête de femme.

Panneau forme ronde.

19 — Deux sujets de l'Ancien Testament.

Peintures sur plaque de verre bleu.

FOUACE

20 — Nature morte : Huîtres et bouteille de vin blanc.

Signé.

GÉROME (Jean-Léon)

21 — Triomphe d'Hercule.

Esquisse signée du monogramme du Maître. Toile.

HARPIGNIES

22 — Sentier dans un bois.

Signé et daté. Panneau.

JAURAT DE BERTRY (Nicolas)
Élève de Chardin

23 — Nature morte : Poisson et instruments de cuisine.

Signé et daté. Toile.

POINTELIN

24 — Paysage.

Signé. Toile.

ROUSSEAU (Th.)

25 — Cabane dans une clairière.

Signé à droite du monogramme. Toile.

RUMENS (A.) (1878)

26 — Grand tableau : Paysage.

SAINT JEAN

27 — Jeune femme à l'ombrelle.

STEVENS (Alfred)

28 — Marine.

Signé à gauche. Toile.

OTTO VENIUS (Attribué à)

29 — L'adoration des bergers.

Panneau.

AQUARELLES, GOUACHES

PASTELS, DESSINS, GRAVURES, MINIATURES

ANCIENS ET MODERNES

BOGGS (Frank).

30 — Aquarelle.

Aquarelle.

CARPEAUX (Jean-Baptiste).

31 — Important croquis pour une décoration.

Dessin rehaussé, provient de l'exposition après décès du maître.

CHOCARNE-MOREAU

32 — L'Imprudent.

Aquarelle.

HARPIGNIES

33 — Le Ruisseau.

Aquarelle, signée et datée.

34 — Clairière.

Aquarelle.

TENRÉ (Henri).

35 — Le Thé au rendez-vous de chasse.

Importante aquarelle.

FREUDEBERG (Attribué à).

36 — Mendiante et ses enfants.

Plume lavée d'encre de Chine.

ÉCOLE FRANÇAISE XIXe SIÈCLE

37 — Disciples d'Emmaüs.

Plume lavée de sépia.

ÉCOLE ITALIENNE

38 — Lot de neuf dessins, par (ou attribués à) Vanni, Jules Romain, Maratta, Castelli, Parmesan, Motta, etc.

Sera divisé.

ÉCOLE ITALIENNE XVIIe SIÈCLE

39 — Adoration des bergers.

Aquarelle sur vélin; forme ovale, encadrement d'anges et ornements.

INCONNU (École française moderne).

40 — La cage d'amour : modèle d'éventail.

Plume, aquarelle et gouache.

ÉCOLE ITALIENNE XVIIe SIÈCLE

41 — Découverte de la vraie croix.

Miniature sur vélin, cadre ancien.

BAUDOUIN (Pierre-Antoine)

42 — Portrait d'homme.

Signé du monogramme. Cadre ancien, bois sculpté et doré. Pastel.

CAGNIART

43 — Vue de Paris.

Pastel.

CHOCARNE-MOREAU

44 — Ramoneur jouant avec un caniche.

Pastel, signé.

DEVIS

45 — La Séance de portrait.

Grand dessin rehaussé d'aquarelle, gouache et pastel.

GILLOT (Attribué à).

46 — Le Mardi-Gras.

Dessin rehaussé de gouache.

47 — Pastel cadre bois : Femme Louis XVI.

Peinture sur verre (amusement d'enfants).

POUSSIN (D'après Nic.)

48 — Jésus et la femme adultère.

Le Sacrifice.

Gouaches, XVIIIe siècle.

COUNT DE GUINES

49 — The french Ambassador.

GARDNER? (C.)

50 — Phildrens, etc.

Belle épreuve, manière noire, cadre baguette ancienne.

HELMAN (D'après Monet)

51 — Grands faits de la Révolution.

Suite de quinze gravures.

JANINET (D'après Lavreince)

52 — L'Aveu difficile.

Très belle épreuve en couleurs, marges.

JANINET (D'après Freudeberg)

53 — La Crainte enfantine.

Bonne épreuve en couleurs.

54 — Le Marchand de lunettes.

Le Médecin clairvoyant.

D'après Le Prince, gravés par Helman, 1776.

55 — Le Contrat.

Le Verrou.

D'après Fragonard, gravés par Blot.

56 — Lot de gravures.

Sera divisé.

57 — Lot de dessins, crayon, sanguine, plume.

Sera divisé.

58 — Miniature ancienne, cerclée d'or, portrait d'homme, signée : Thiboust, 1773.

59 — Miniature, portrait d'homme, signée: Pasquier.

Miniature, portrait de jeune femme

60 — Lot de trois miniatures anciennes et modernes.

OBJETS DE VITRINE

ET PORCELAINES

61 — Deux statuettes minuscules, ancienne porcelaine allemande.

62 — Montre Louis XVI, émail sur or; double boîtier, et boîtier préservateur (or), entourage de jargons. Genève, époque Louis XVI.

63 — Etui or, époque Régence, chiffre surmonté d'une couronne royale, monogramme présumé d'Henriette d'Angleterre.

64 — Etui or, époque du Directoire.

65 — Etui or à décor minuscules sur fond strié. époque Louis XVI.

66 — Etui or à fond fleurdelisé, bandes à relief de feuilles de laurier, Louis XVI.

67 — Etui or, décor de rocailles Régence.

68 — Etui argent en forme de carquois, riche décoration réserve de médaillons avec tourterelles, etc. époque Louis XVI.

69 — Etui de forme rectangulaire, décor d'arabesques et d'instruments de jardinage écaille fondue, époque Louis XVI.

70 — Lot d'étuis en matières diverses argent, cuir, galuchat, etc., etc.

71 — Jeu de jaquet minuscule, écaille et ivoire, dés et pions, cornets, fermoirs en argent, époque Louis XV.

72 — Paire de salières argent forme d'obélisques, époque Louis XVI, godets cristal bleu.

73 — Très beau et important jeu de jaquet, marqueterie à personnages ivoire sur ébène, pourtour à sujets de chasses; riches fermoirs cuivre doré, art des Flandres allemandes, époque : premières années du XVIIe siècle.

74 — Boite ivoire à petits personnages.

75 — Porte-carte écaille blonde incrustée.

76 — Boîte vernis Martin monture argent.

77 — Boîte à mouches, écaille garnie argent.

78 — Boîte incrustée filets, portrait femme.

79 — Porte-carte vernis Martin, monture argent.

80 — Boite rectangulaire, écaille sujet ivoire.

81 — Boite paysage.

82 — Miniature sur écaille, portrait de femme.

83 — Tube vernis Martin.

84 — Boite à tabac incrustée de pierres de couleurs, et motifs d'ornementation en argent.

84 bis — Mortier de la Renaissance, patine ancienne.

85 — Bonbonnière, ancienne porcelaine de Saxe, décor à fleurs.

86 — Flacon à odeur, porcelaine décorée sujets galants.

87 — Eventail vernis Martin : la Bonne aventure.

88 — Lot de pièces en argent, différentes époques.

89 — Deux monnaies or, à l'effigie du roi Charles V.

90 — Petite coupe en ancienne porcelaine de Saxe, émail blanc.

91 — Deux tasses droites, ancienne porcelaine de Saxe.

92 — Beurrier, décor polychrome de fleurs, ancienne porcelaine de Paris.

93 — Lot d'assiettes Chine et Japon.

94 — Six assiettes : Compagnie des Indes XVIIIe siècle.

95 — Douze assiettes : Compagnie des Indes, XVIIIe siècle.

96 — Dix assiettes : Compagnie des Indes XVIIIe siècle.

97 — Deux assiettes en ancienne faïence de Marseille, décor de guirlandes pour les marlis et médaillons à personnages.

98 — Deux vases à couvercles, ancienne faïence de Nevers fond blanc, à décors d'arabesques et médaillons bleus.

99 — Un vase cristal vert, signé Daun.

100 — Groupe de trois enfants, ancienne porcelaine blanche d'Allemagne.

101 — Six tasses et soucoupes, ancienne porcelaine de Chine à décor de coqs.

102 — Deux rince verres, ancienne faïence blanche, époque Louis XV.

LIVRES

103 — Grand et important recueil des plans de la la ville de Paris par quartiers, etc., monuments, etc. etc., époque du XVIIIe siècle. Levés et dessinés par Louis Brettey, gravés par Claude Lucas et écrit par Aubin, vingt planches grand in-folio. Reliure ancienne veau, sur les plats la Nef de Paris.

104 — Dulaure. Histoire de la Révolution Française, six volumes, très curieux exemplaire complété par l'adjonction de près de six cents gravures du temps, en couleurs, manière noire; portraits, scènes; beaucoup avant la lettre.

105 — Deux beaux volumes, illustrations de Raffet, lithographies en noir et en couleurs : 1° Types militaires, croquis, etc., 2° Campagne de Rome.

106 — Lot de volumes à gravures, lithographies, etc.

107 — Lot de livres, romans, journaux illustrés, etc.

OBJETS DIVERS

108 — Grande potiche octogone à pans coupés à réserves blanches décor de paysages et oiseaux, ancienne porcelaine de la Chine.

109 — Trois pendules, bronze doré.

110 — Deux candélabres cuivre, à deux lumières. Epoque Louis XV.

111 — Petite pendule : « A la gloire de Bara », cheval bronze, patine brune, cavalier bronze doré socle marbre blanc. Epoque de la Révolution.

112 — Plat cuivre repoussé : Adam et Eve. Epoque XVIe siècle, art allemand.

113 — Statue marbre : la Vierge et l'Enfant. Espagne XVIIe siècle.

114 — Petite pendule et son socle style Louis XV, marqueterie de Boulle.

115 — Deux girandoles bronze à trois branches.

116 — Pendule Louis XVI, bronze.

117 — Deux potiches étain.

118 — Cachepot porcelaine Sèvres, monture bronze.

119 — Biscuit groupe enfants, quatre statuettes.

120 — Statuette de cordonnier terre cuite. Statuette de moine.

121 — Deux chenêts bronze doré, style Louis XVI, avec petits amours.

122 — Deux chenêts bronze doré, style Louis XV, avec enfants patite brune.

123 — Deux landiers fer forgé.

124 — Lanterne fer forgé.

125 — Deux lustres fer forgé équipés à l'électricité.

SCULPTURES

BARYE (Ant.)

126 — Chevreuil. Bronze ancien.

127 — Loup. Bronze ancien.

128 — Lionne marchant. Bronze ancien.

129 — Isard. Bronze ancien.

130 — Nereïde au miroir. Bronze original, socle marbre.

131 — Bas-relief ancien marbre blanc effigie de Mercure, appliqué sur médaillon ovale garni velours noir.

132 — Redite d'une statuette d'époque du XVIIe siècle, art flamand. Argent.

ETOFFES, TENTURES

MEUBLES, TAPIS

133 — Chasuble Louis XV, fragment, soie à fond violet.

134 — Chape, époque Louis XIII fond rouge soie ; deux bandes même étoffe.

135 — Deux bandes même étoffe que la précédente.

136 — Important lot de coupes soie moderne état de neuf imitation du XVIIIe siècle.

137 — Lot important de rideaux et portières.

138 — Trois tapis haute laine fond bleu et grenat province du Djebel-Amour (Sud Algérien).

139 — Table-coiffeuse marqueterie bois de rose.

140 — Console étagère marqueterie de bois ornée de bronzes dessus marbre blanc.

141 — Meuble chêne sculpté à 6 tiroirs sur table formant bureau avec tirettes.

142 — Commode style Louis XVI marqueterie de bois à losanges avec médaillons bouquet de fleurs orné de bronzes dessus marbre rose.

143 — Meuble à une porte laque de Chine, dessus marbre rouge.

144 — Grande table-bureau style Louis XV double face marqueterie de bois ornée de bronzes.

145 — Grande glace trumeau à cadre doré, fleurons et nœud, style Louis XVI avec médaillons peinture allégorique.

146 — Deux consoles d'encoignure Empire bois doré dessus marbre.

147 — Deux petites commodes style Louis XVI bois marqueté et bronzes, dessus marbre rouge.

148 — Deux petites commodes style Louis XVI à deux tiroirs bois marqueté et bronzes dessus marbre.

149 — Vitrine style Louis XV marqueterie de bois avec médaillon bronze doré, sujet pastoral.

150 — Secrétaire côtés galbés marqueterie de bois décors de fleurs orné de bronzes, dessus marbre rouge.

151 — Table-bureau style Louis XVI marqueterie de bois de rose ornée de bronzes.

152 — Meuble de salon bois doré style Louis XVI, sept pièces recouvertes en tapisserie d'Aubusson.

153 — Deux fauteuils style Louis XVI laqué blanc recouverts satin brodé bouquet de fleurs.

154 — Chaise Louis XV laquée blanc.

155 — Chaise Louis XV bois sculpté.

156 — Deux fauteuils bois, Louis XVI, signée Dupain à Paris.

157 — Cadre bois sculpté et doré, époque Louis XIV.

158 — Lit bois sculpté, époque Louis XVI.

159 — Cadre bois sculpté et doré, époque Louis XIV.

160 — Cadre Louis XVI bois sculpté et doré, époque Louis XVI.

161 — Table à ouvrage, petit guéridon, deux cabinets laque, de Chine.

162 — Sous ce numéro les objets omis au catalogue.

www.ingramcontent.com/pod-product-compliance
Ingram Content Group UK Ltd.
Pitfield, Milton Keynes, MK11 3LW, UK
UKHW021034260726
13994UKWH00005B/2143

9 782329 453699